천년의 시 0147

모과의 시간

천년의시 0147

모과의 시간

1판 1쇄 펴낸날 2023년 3월 31일
지은이 이정희
펴낸이 이재무
기획위원 김춘식, 유성호, 이형권, 임지연, 홍용희
책임편집 박예솔
편집디자인 민성돈, 김지웅, 정영아
펴낸곳 (주)천년의시작
등록번호 제301-2012-033호
등록일자 2006년 1월 10일
주소 (03132) 서울시 종로구 삼일대로32길 36 운현신화타워 502호
전화 02-723-8668
팩스 02-723-8630
블로그 blog.naver.com/poemsijak
이메일 poemsijak@hanmail.net

이정희ⓒ, 2023, printed in Seoul, Korea

ISBN 978-89-6021-704-1
      978-89-6021-105-6 04810(세트)

값 11,000원

모
과
의
시
간

이 정 희 시 집

천년의
시 작

시인의 말

너는 내게로 와
친구가 되었다
허우적대는 나를
구해 주었고
새로운 아침을
열어 주었다

차 례

시인의 말

제1부

초록 속에서 ——— 13

모과 열매 ——— 14

피어나다 ——— 15

눈물차 ——— 16

개나리 ——— 17

집 앞 느티나무 ——— 18

몽돌 해변에서 ——— 19

돌멩이의 슬픔 ——— 20

봄에 취하고 간재미에 취하고 ——— 21

유월의 숲 ——— 22

인생 ——— 23

보자기 ——— 24

늦꽃들 ——— 26

고독 ——— 27

터방내 ——— 28

단풍들 ——— 30

길상사 종소리 ——— 32

제2부

시 ——— 35

나는 엄마한테 제일 먼저 울음을 배웠다 ——— 36

아홉 살 ——— 37

부딪치다 ——— 38

벵골고무나무 ——— 39

식혜 한 그릇 ——— 40

섬초 ——— 41

들국화들 ——— 42

때찌 선생님 ——— 44

포후투카와 트리 ——— 45

베리따 미용실 ——— 46

세모로 산다 ——— 48

바람과 함께 ——— 49

제비꽃 ——— 50

여유당에서 ——— 52

러셀의 스케치 ——— 54

우울이 찾아오면 ——— 56

제3부

마음 부자 ——— 61

알마alma 핸드백 ——— 62

수면에 내리는 햇빛처럼 ——— 63

김장 ——— 64

민들레 ——— 65

삶 ——— 66

부부 ——— 68

섭지코지에서 ——— 69

퐁데자르 다리 ——— 70

그녀는 프로다 ——— 71

엘살바도르 커피 ——— 72

구멍가게의 봄 ——— 74

향기를 듣다 ——— 75

득량역 ——— 76

손때 묻은 소쿠리 ——— 78

백년손님 오는 날 ——— 79

빨간 롱 코트 ——— 80

제4부

고향 집 ——— 83

아버지의 땅 사랑 ——— 84

가이드 ——— 85

잇다 ——— 86

이민자 ——— 87

추억의 동그랑땡 ——— 88

의자 ——— 90

폐차장의 봄 ——— 91

청개구리들 ——— 92

엄마의 눈물 ——— 93

옛날식 레스토랑 ——— 94

잔도공을 위하여 ——— 95

어느 장의사 이야기 ——— 96

소쇄원 ——— 97

나는 인사성 바른 아이였다 ——— 98

등굣길 ——— 99

꽃보다 아름답다 ——— 100

해 설

오민석   일상의 몽타주 ——— 102

제1부

초록 속에서

우리는 초록 속에 와

초록을 바라다본다

즐거움이 산만큼 일렁인다

산들도 초록이 찾아오니 둥글어졌다

초록의 먼 길을 돌아와 들여다보니

초록, 처음인 듯

너는 귀하고 귀하다

햇빛에 반짝, 눈이 부시고

비에 젖어 더욱 싱그럽다

구김살 없는 초록이 웃는다

모과 열매

초등학교 교정의 모과나무
숨바꼭질하듯
이파리 뒤에 숨어
빠끔히 얼굴 내민 모과들

아직 설익은 모습으로 공중에
매달려 세상모르는 천진한
얼굴들이다

조잘조잘 떠들고
데굴데굴 구르고
공 차며 뛰는 아이들

저 시고 떫은 놈들
울퉁불퉁 예쁜 놈들

오래 참고 기다리면
늦가을 잘 익은 모과 열매처럼
향기 가득한 어른이 되겠지

피어나다

살 날보다 산 날이 더 많은 나이
옛날이 피어난다
여름날 고향 집 툇마루에 앉으면
모깃불 냄새 피어나고
화단의 풀 냄새 피어나고
키 큰 해바라기 어릴 때 동시로 피어나고
분꽃은 소꿉놀이 화장품으로 피어나고
봉숭아꽃 곱게 물든 손톱으로 피어나고
장독대 옆 다닥다닥 열린 앵두는 형제의 우애로 피어난다
구름처럼 피어나는 담배 연기 바라보며
자식들이 당신의 꿈으로 피어나길 바라던
엄니와 나누는 얘기 속 젊은 엄니가 피어난다

눈물차

눈 마주치며 그녀 하는 말

몸속에 꽃 피는 차 한번 마셔 볼래요

어느 구름에 머물다 왔을까

하얀 마음 향긋한 눈물차

그녀 눈가에 눈물이 고여 있다

한겨울 잠겨 있던 진한 슬픔

억척같은 시간들이 녹아

아직 여물지 못한 연둣빛 잎에 숨어들어

그 마음 포근히 잡으면

눈물 속에 스며 들어가

마음 환하게 꽃으로 핀다

개나리

앙증맞게 재잘거리며

웃음 팡팡 선사하는

폴짝폴짝 뛰는 개구진 손자의

환한 얼굴처럼 피었다

집 앞 느티나무

아침 일찍 창문 열면 느티나무 한 그루 놀이터를 지키는 파수꾼처럼 서 있다 노년을 사는 그는 인자하고 든든하다 그의 풍성한 그늘 아래 자갈자갈 아이들 노는 소리 머물고 피곤한 몸들 쉬어 간다 어스름해지고 아이들 떠난 자리에 퇴근한 중년 남자 담배 불빛과 함께 어딘가로 나직한 목소리 보내고 있다 저벅저벅 누군가 들어서면 살금살금 사라지는 발소리 우직한 파수꾼은 동네 사람들 비밀 다 알고 있다 지나는 바람이 놀러 오면 가지나 흔들어 줄 뿐 재작년 연말 한잔하고 들어오다 그가 보는 계단에서 벌러덩 넘어진 일 그는 짐짓 모른 척한다 오늘 밤도 하나둘 비밀을 안은 사람들 은근슬쩍 그의 품을 향하고 있다

몽돌 해변에서

동글동글한 돌들

철퍼덕 앉아 쉬어 가라고

모난 구석 한 군데 없이

사람들에게 자리를 내어 준다

바다가 낳은 알들

몽돌 해변에 와 알았다

몽돌을 낳느라 바다가 크게 울었다는 것을

몽돌 속에 바다가 스몄을 것이다

몽실몽실 몽상을 피워 올리는

돌들 속에 앉아 있다

돌멩이의 슬픔

나는 육교 위 시멘트 바닥에
내동댕이쳐져 있다
한밤중 야식 배달 오토바이가
굉음을 내고 지나가면
내 몸도 튕겨져 올랐다
육교 밑 자동차들은
폭포 소리로 흘러가고
내일이 없는 사람들은 분풀이하듯
발길질로 나를 걷어차며 숏을 날렸다
데굴데굴 구르며
팔딱거리는 심장을 붙들고
원망조차 호사처럼 느껴졌다
널브러진 채 환청이 들려왔다

봄에 취하고 간재미에 취하고

대명포구에 들어서니 봄이 출렁거린다 약장수의 트로트가
어시장으로 안내한다 가게마다 좌판 위에 싱싱한 어물들을
올려놓고 호객 행위가 한창이다 여행객 한 무리 버스에서 쏟
아진다 제철 간재미가 오늘의 인기 스타다 미끼에 걸려 잡혀
온 간재미들 다라이 안에서 작은 두 눈만 끔뻑거린다 한껏 들
뜬 사람들 막걸리 안주로 간재미를 흘끔거린다 암놈이 찰지
고 연해서 맛있단다 무쳐 먹고 생으로 먹고 끓여도 먹는 간재
미 누군가 떠벌리자 속 출출한 사내들 너도나도 입맛 다신다
술에 취하고 간재미에 취해 봄날이 휘청거린다

유월의 숲

병풍처럼 펼쳐진 야산의 숲

천진난만하게 재잘대던 어제를 지나

조용히 생각에 잠겨 있다

우거진 향기 튼실한 근육

뜨겁게 내리쬐는 햇살 아래

침묵의 스크럼 짜고 있다

당장이라도 고함 소리

허공의 치마를 찢을 것 같다

발설하지 않은 꿈

비밀 품은 채

검푸르게 일렁이는 유월의 숲

인생

창극의 마지막을 장식하는 놀이마당
공중에 매단 줄 위에서
광대가 한 마리 학처럼 줄을 탄다

앞으로 나아갔다 뒤로 물러갔다
외홍잽이 쌍홍잽이 종종걸음 외무릎꿇기
두 무릎 꿇기 책상다리
발림이 반딧불처럼 빠르다

눈멀고 귀먹은 사람처럼
생각도 머물면 안 되는
세상을 타고 있다

삼현육각재비의 반주 음악에 맞춰
재담과 노래, 흥이 피어오른다
청중들의 박수갈채 불꽃처럼 찬란하다

보자기

담기 위해 태어난 나는
스스로 각 한번 세운 적 없다
후미진 곳 구겨진 몸으로
음식 술 옷 잡동사니 등속에 따라
천의 표정을 짓는다
어제는 김치 통을 싼 채로 전철 타고
먼 길 다녀왔다
그제는 예물과 예단함에 복을 함께 싸서 신부 집을
찾기도 했다
일 년 중 내가 가장 바쁜 달은 오월이고
쉴 틈 없는 달은 명절이다
나를 풀며 기뻐하는 얼굴을 볼 때마다
나도 함께 설렌다 그러나
길거리에 앉아 팔다 남은 야채들 싸면서 내는
할머니의 한숨 소리는 나를 슬프게 한다
밥상을 덮어 주고 방구석을 가려 주고
벽을 장식하기도 하고
아이들 동심의 망토가 되어 주다가
햇빛과 바람 막아 주기도 하고
깃발 되어 바람에 휘날리기도 한다

닳아 해져서 버려질 때까지
담고 풀면서 한 생을 산다

늦꽃들

　심드렁하게 소파에 앉아 있는데 카톡 소리 요란하다 모임 날 벚꽃 보러 가자 우리가 꽃을 보면 앞으로 몇 번이나 보겠냐 늦꽃들 호들갑을 떤다 다음 날 모임 장소에 나가니 벚꽃 보러 간다고 머리 물들이고 분홍색 블라우스에 실크 스카프 잔뜩 멋들 부리고 나와 있다 허겁지겁 점심을 먹고 윤중로 벚꽃을 보러 갔다 강가에 주욱 늘어선 벚꽃들 흐드러진 미소로 우리를 반긴다 워따 워따 징하게 이쁘다잉 어짜면 저라고 이쁘까잉 감탄사에 꽃잎들 날아와 착착 어깨에 감긴다 우리 사진 찍자 아이고 난 안 찍을란다 왜 도망가냐 해맑은 얼굴로 내려다보는 벚꽃 밑에서 얼굴 주름살들은 왜 그리 와글와글 시끄러운지 슬그머니 핸드백에서 선글라스를 꺼내 썼다 늦꽃들 어제의 호들갑은 다 어디 가고 만감이 교차한 듯 슬금슬금 벚꽃 나무 밑을 빠져나간다

고독

차돌 같은 네 모습에
지레 겁먹고
손사래 치며 도망 다녔다
터널 속 헤맬 때
끈질긴 구애로 너의 손을 잡았다
겉보기와 다르게 젠틀한 너는
거짓 웃음도 아부도 상처로
가슴 아프게 한 적 없다
적막한 발걸음에
귀 기울여 도닥여 주는
속 깊은 너와 한 몸 되어
걷고 또 걷는다
엄니의 마지막 가는 길도
너는 함께했지

터방내

가슴에 찬바람이 불 때면 그리운 사람과
그곳에 가고 싶다
흑석동 좁은 골목 지하
집터란 뜻으로 옛 모습 그대로 자신을
지키고 있는 곳
낡은 소파에 앉아 백열전등 아래 마음을
열고 사랑을 피우고 싶다
적당한 어둠은 서로를 배려하고
클래식 음악이 분위기를 띄운다
시간을 거슬러 올라 아내와 어미를 벗고
젊음으로 바꿔 입는다
설렘이 요동치며 달려온다
혈기와 버럭이 근접할 수 없는
따뜻함으로 행복을 설계하기 좋은 집
변화무쌍한 시대에
수십 년 터줏대감으로
외할머니 같은 품으로
세대를 아우르는 집
다녀간 사람들 희로애락을 마음에 새기고
추억하며 기다린다

가슴에 찬바람이 불 때면 그리운 사람과
그곳에 가고 싶다

단풍들

카톡
카톡   카톡
   카톡

여기저기서 불난다
열심히 살아 곱게 물든 단풍
베짱이처럼 빈둥거린 점박이 단풍
관절에 바람 들어 숭숭 구멍 뚫린 단풍
술에 젖은 시뻘건 단풍
우울증으로 쪼그라진 단풍
빚보증에 눌려 샛노래진 단풍
구시렁거리며 질척대는 단풍
아직도 꿈꾸는 단풍
제각각 성미대로 물들었다
여름철 뇌성 번개 문신처럼 새기고
곧 닥쳐 올 겨울
헛되이 바람 잡지 말자
버리고 버려서 가벼워지자고
몇 친구들 단풍 되기 전 낙엽 되었다고
이곳저곳에서 서로의 안부 묻는다

울긋불긋 함께 물든
철들자 가야 하는 단풍들

길상사 종소리

경내를 도는데
기생들 옷 갈아입던 팔각정에서
들려오는, 오래 우려낸 침묵
깊고 청정한 종소리
발길 멈추고 옷깃 여민다
그의 두툼한 손길에
겨울나무들 봄을 밀어 올리는 소리
바빠지고
진영각 올라가는 오솔길 발걸음들
숙연해진다
길상헌 뒤 언덕바지에 뿌려진
그녀의 유골도 명상에 잠긴다
소리의 원 안에서 정화되고 순해지는 것들
구내를 빠져나온 종소리
길한 기운을 전하러
저잣거리로 번져 간다

제2부

시

어린아이 같고

새벽이슬 같은 너와 더불어

자연을 노래하고

마음의 심연을 여행하고

옛날을 뒤적인다

한 올 한 올 눈물로 엮어

슬픔을 깁는다

황폐한 가슴속

사막의 오아시스처럼

희망을 싹트게 하고

영혼의 상처를 싸매 주는

너 닮은 자식을

순풍 낳고 싶다

나는 엄마한테 제일 먼저 울음을 배웠다

눈도 동글 얼굴도 동글한 나는 누가 조금만 건드려도
고장 난 수도꼭지처럼 눈물이 흘러내린다

엄마는 왜 신혼 기간 동안 속울음 울며
억지 웃음으로 가장하며 살았을까

우리 며느리는 입덧도 안 해부요
친척들한테 자랑하는 할머니한테
엄마는 벙어리처럼 한마디 대꾸가 없었다

묵은 김치 냄새에 속 뒤집힐 때
꾸중새 할머니에게 잔소리 들을 때
대가족으로 빽빽한 하루가 쉴 새 없이 돌아갈 때
미련새 아빠한테 투덜거렸다 핀잔만 받을 때

엄마는 왜 소리 내어 울지 못하고 속울음 했을까

배 속에서 엄마의 울음을 먹고 자란 나는
태어나자마자 병실을 울음바다로 채우고
새벽녘에야 잠이 들었다 한다

아홉 살

나는 태어나서 엄마보다 먼저 스마트폰을 만났다 아장아
장 걸을 때부터 기계와 친하고 대화도 잘했다 외동인 나는 로
봇도 가족으로 만들고 싶다 작년과 올해 계속 온라인 수업을
했다 며칠 전 등교하자마자 수학 시험 봤다 엉망으로 나온 점
수 사인 받아 오라 한다 내 몸보다 큰 책가방처럼 머리가 무
겁다 수업 시간에 뭐 했니 다그치는 엄마에게 인터넷 수업 재
미없어 유튜브 친구랑 놀았어요 엄마는 저녁 때 아빠랑 얘기
하자고 얼굴이 굳어진다 재미없는 공부를 왜 열심히 해야 하
는지 모르겠다 수업 끝나도 바쁜 학교 친구들 스마트폰만 열
면 시간과 장소를 가리지 않고 뛰어 나오는 코코몽 신비아파
트 AI 짱구는 못 말려 유튜브 친구들과 웃고 떠들며 노래하
고 빙글빙글 춤추며 시간 가는 줄 모르고 빠져든다 나를 사
랑한다는 엄마는 영어 도서관 수학 학원 바이올린 미술 학원
농구 재능 수업으로 옴짝달싹 못 하게 한다 디자이너가 꿈인
나는 모처럼 휴식 시간 유튜브 친구들 특징을 관찰하고 그리
고 색칠하고 오리고 보관한다 어느새 눈 밑 다크서클 환해지
고 입은 귀에 걸려 있다

부딪치다

생활의 벽에 부딪쳐

마음이 아픈 날

구멍가게 앞

허름한 나무 의자에 앉아

가난한 마음들과 부딪쳐 보자

눈빛끼리 부딪치면

마음까지 부딪친다

현실을 훌훌 벗고

충돌이 아닌 아름다운 접촉

가끔은 그렇게 부딪쳐 볼 일이다

벵골고무나무

인도 벵골에서 온 그녀
마른 키에 까무잡잡한 얼굴
코리안 드림을 위해
3년 전 농촌에 들어왔다
농장에서 일하며 농업용수 끓여 목욕하고
어둡고 눅눅한 비닐하우스에서 생활한다
지치고 아파도 꾀병이라고 핀잔만 주는
농장주에 발목 잡혀
몸과 마음 천근만근이다
술 취한 주인에게 끌려간 적도 여러 번
이국의 삶은 처절하고 눈물겹다
창문 넘어오는 바람에 흔들렸다가
마음을 다잡는 그녀
포기할 수 없는 꿈은
그녀를 늙고 병들게 하고 있다

식혜 한 그릇

도시의 빌딩 숲 거센 바람에 시달리면 으레 찾는 고향 집 반색하는 엄니 얼굴 앞에 어리광처럼 몸살기가 돌고 엄니는 밥통에다 맑은 엿기름물과 고두밥 섞어 아랫목에 이불 뒤집어씌웠다가 새벽녘 생강과 함께 가마솥에 펄펄 끓여 걱정스러운 얼굴로 권하던 식혜 한 그릇

해마다 연말이면 찾아오는 불청객 얼굴 누렇게 뜰 때면 어떤 묘약도 소용없이 엄니의 사랑 한 그릇 눈앞에 어른거린다

섬초

우울한 마음이 시장에 들른다
잎사귀 두껍고 튼튼한 뿌리를 가진
섬초란 이름의 그녀가 진열대에 수북하다
신안군 비금도의 개펄 소식을
잔뜩 품고 두리번두리번
손님을 기다리고 있다
억센 여인 같은 그녀를 봉지에 담는다
집에 와 그녀와 마주하며
얘기를 듣는다
추운 바닷바람을 피해
섬을 붙잡고 납작 엎드려
키는 자라지 못했고 옆으로만 퍼져
볼품없는 모양이 되었단다
그래도 보기보다 연하다고
살짝 데쳐 나물과 된장국으로 맛보라는
조곤조곤한 얘기에 불쑥 시장기가 찾아든다

들국화들

식장 원탁에 둘러앉은 들국화들
도란도란 말의 향기 피우고 있다
남녘서 새벽차 타고 올라온,
어린 날부터 자신의 힘으로 살아온 쑥부쟁이
쓴소리 속에 따스한 마음을 감춘 산국
조용하며 세련된 구절초
피아노 건반에 그리움을 새기며 살아온 해국
작은 몸으로 힘든 일 마다 않는 개미취
벌 같은 마음으로 모두를 품는 벌개미취
달달한 말솜씨로 주위을 밝히는 감국
산야에서 절로 자라 웬만한 바람에도
끄떡없는 얼굴들
후미진 골목 허름한 가게에서
복지관에서
도서관 숲길에서
자갈자갈 아이들 웃음소리 속에서
자족하며
뜸한 만남에도 어제 본 듯
깊은 가을을 사르는 들국화들
오메 우리 언제 만나고 인자 만나냐

결혼식에서나 얼굴 보네

아이고 왜 이라고들 바쁘냐

웃음소리 해맑다

첫발 내딛는 한 쌍 원앙을 향해

저렇게 이쁘니 잘 살겠다야

들국화들 덕담이 새록새록 피어난다

때찌 선생님

교실 계단을 오르면 꿈나무들 달려와 때찌 선생님 오늘 무슨 얘기 해 주실 거예요 그는 만면의 미소로 애들을 품는다 3월 첫 수업 선생님을 찾습니다 동화 속 보드레 선생님이 버르장머리 없고 말썽꾸러기 2학년 7반 애들을 혼내 주려 마녀처럼 생긴 때찌 선생님으로 변장한 얘기를 들려주면서 닉네임이 되었다 반평생 꿈나무들과 한길을 걷고 퇴임한, 아직 남아도는 시간이 어색한 그는 호리호리한 몸매 흐트러짐 없는 매무새 꿈꾸는 얘기들로 가득 찬 오래된 가방을 들었다 환경이 안 좋은 애들이 많다는 어느 선생님의 불평에 애들에겐 죄 없어요 부모는 선택할 수 없습니다 일언지하 대쪽 같은 선비다 수업 시간에 몸을 비틀고 한눈팔며 뽀시락 장난에 한창인 개구쟁이들 앞에 엄격함을 내려놓고 흥미진진한 동화의 세상을 펼쳐 놓는다 입을 오므리고 목을 길게 빼고 큰 목소리로 등장인물들의 실감나는 성대모사에 순진한 눈망울들 금세 얘기 속으로 빠져든다 수업이 끝나면 말썽쟁이들 머리를 쓰다듬으며 팔씨름으로 동심을 겨룬다 재밌고 유익한 동화책을 찾아 숲속을 샅샅이 뒤지는 새내기 같은 마음 진정한 보드레 선생님이다

포후투카와 트리

오클랜드 해변가
우람하고 씩씩한 토박이 나무
문명사회에 시달리고 있다
매연이나 마시며
관광 전시용으로 서 있다
마오리 전사 타와키가 하늘을 오르다
떨어져 포후투카와 나무가 되고
흘린 피는 꽃이 되었다는
전설을 아는 이 이제 아무도 없다
광섬유 뭉쳐 불 피운 듯
매년 12월 흐드러지게 열린 붉은 꽃
크리스마스트리가 되어
사람들 사진의 배경이 되고 있다
종족이 사라지면
신화도 사라진다

베리따 미용실

숨찬 소리가 길을 안내하는
후미진 골목 끝
낡고 오래된 건물 2층
계절 따라 꽃들이 말을 걸어오는 집
흔한 컴퓨터 하나 없는 가게
화장기 없는 주인처럼 수수하다
베리따는 십 년 이상
한곳에서 진심을 파는 곳
하필이면 베리따입니꺼?
내 머리 베리부까 겁나네
경상도 손님이 건네는
농담 반 진담 반에 그녀는
바람이 통해야 화초가 잘 자라듯
진심이 통해야 사람 사이도 오래간단다
셰에라자드가 되어 쉴 새 없이 수다를 떨며
바쁘게 움직이는 손
자신의 머리는 질끈 동여맨 채
화초를 가꾸듯
손님의 근심을 어루만지고
머리카락 한 올에도 정성을 다한다

미다스의 손처럼 그녀의 투박한 손이
다녀가면 머리에 꽃이 핀다

세모로 산다

동그라미 같은 예
네모 같은 아니요
나는 언제나 세모로 산다
사람들은 예 할 때 예 하고
아니요 할 때 아니요 하라 한다
나는 순간순간 둘 사이에서 서성인다
맞선 보고 무서운 아버지께 아니요 못 해
평생 십자가 지고 산다
아니요 할 줄 알아야 예 할 줄 안다
생글생글 미소 짓는 예
단호하고 냉정한 아니요
어떤 때는 예로 시작해 아니요로
아니요가 예로 끝나기도 한다

바람과 함께

바람과 함께 걷는다

머리카락 쓸어 주며

말없이 속삭이는 말

잡념의 검불들 날아가고

새처럼 가벼워진 영혼

바람의 리듬에 몸 싣고 걷는다

높다란 언덕길

콧노래 흥얼거리며 오른다

자욱한 마음의 안개 걷혀

앞산 푸른 나무들처럼

청량한 기운 온몸에 깃든다

제비꽃

부모님 산소 봉분 가장자리

풀 속에 피어 있는 보라색 제비꽃

작은 꽃잎 가늘게 떨고 있다

아부지 평생을 애달파했던 엄니 마음 같다

아부지는 교회 성가대에서

아티스와 이아의 사랑처럼 첫눈에 반했단다

시장에서 사 온 군복 바지 두 벌이면

만족이셨던 아부지

고춧잎처럼 작은 얼굴에 왜소한 아부지

아이고 느그 아부지 불쌍해서 어쩐다냐

\>

버릇처럼 되뇌던

엄니의 애달픈 사랑이 햇빛에 눈부시다

여유당에서

남양주 마재마을
여유당 안채 마루에 앉아
익은 술에 취하듯
선생의 인품에 취해 있어요
청빈을 살던 자연을 품은 단출한 생가
선생이 가족 그리워 눈물 짓던 집
부인이 시집올 때 해 입은 빛바랜, 다섯 폭 치마를
곱게 개서 편지와 함께 유배 생활하던 선생께 보냈지요
아내의 속뜻 알아차린 선생
꿈속 유혹에도 흔들리지 않겠다고 다짐했다지요
선생은 치마를 자르고 다듬어
네 개의 서첩으로 나눈 뒤
효도 우애, 근면 검소, 폐족 신세, ○○
남편으로 아버지로 애끓는 마음 전했지요
18년 유배 생활을 끝으로 백발성성한 선생은
유배지에서 집필한 저작과 함께 돌아와
백성과 나라의 미래를 위해 방대한 저서를 마무리했지요

망설이면서 겨울 냇물을 건너는 것 같이
주저하며 사방의 이웃을 두려워한다[*]

\>

선생의 유훈이 새삼 마음의 속살에 닿아 절로
숙연해집니다

* 노자, 『도덕경』.

러셀*의 스케치

파란 하늘
춤추는 바다
에메랄드빛 물살을 가르는 배
꽃 피운 얼굴들 사이로
긴 해변을 따라 도는 사람들

고래잡이 선원들 휴양지로
뉴질랜드의 첫 번째 수도였던 곳
원주민 마오리족과 이민자들의
전투가 치열했던 과거 말끔히 지운 러셀은
조용하고 사랑스러운 여인의 미소로
사람들 마음을 설레게 한다

언덕 위 빅토리아풍 건물들
수백 년 비밀 간직한 고목들
슬프도록 아름다운 석양에
그림자 길게 드리우고
사랑하는 연인들
거리의 악사들
마주 앉아 기쁨 떠먹는 사람들

>

러셀은 사랑을 키우는 곳

남풍이 불면 추억도 피어난다

.* 러셀: 뉴질랜드 최초의 영구적인 유럽인 정착지이자 항구였다.

우울이 찾아오면

별다방에 간다
은여울마을 귀퉁이 고물상이었던 자리
먼바다를 항해하다 정박한 배처럼
바다의 요정, 세이렌의 아름다운 노랫소리에
홀린 사람들
여기저기서 모여든다
두 번 구운 비스킷처럼 탄탄한 살빛의 스타벅, 일등항해
사가
살고 있다
세련된 매너로 자리를 내어 주며
커피 향을 배달한다
컴퓨터를 뚫어지게 바라보는 젊은이들
까만 패딩 입은 어깨를 나란히 하고 소곤대는 연인들
딸아이의 쉴 새 없는 재잘거림에 버거워하는 젊은 살림남
친구 만나 세상 불만 폭포처럼 쏟아 내는
몸집 거대한 아줌마
말끝마다 핏대 올리는 얼굴 벌건 아저씨
삼삼오오 두런두런 어둡고 즐거운 표정들
생면부지의 사람들 싣고
스타벅은 출항을 서두른다

유리창 너머 낮은 산들은 섬처럼 떠 있고
웃고 떠드는 소리와 흐르는 음악을 복용한다

제3부

마음 부자

마포에서 김포 신도시로 얼마 전 이사를 했다 십칠 층, 하늘 가까이 우뚝 서 있는 집 앞으로 수천만 평 평야와 강화도 바다가 내 정원이다 병풍 같은 숲, 울울창창 힘찬 기운 보내온다 하늘은 새털구름 낙타 구름 양떼구름 공작 구름을 방목하고 밭에는 온갖 여름 채소, 오이 가지 토마토 옥수수 감자 고추 호박과 개망초 부처꽃 나무수국 채송화가 쑥쑥 허공을 뚫는다 붉게 물든 노을, 한 폭의 그림으로 수를 놓는 저녁 무렵 수천 평 녹색공원의 품속에서 걷고 뛰고 달리며 마음을 나눈다 밤에는 별꽃 피어있는 하늘 정원을 올려다보며 환상에 젖는다 추운 겨울 햇빛이 집 안 깊숙이 찾아와 벵골고무나무에게 튼튼한 이파리를 안겨 주고 여름 숲에서 불어오는 바람은 낮의 찜통더위와 밤의 열대야를 몰아낸다 옥신각신 지지고 볶고 살아온 지난 시간을 저 숲에 묻는다 한강을 따라 삼십 분 남짓 흘러왔을 뿐인데 수천만 평의 정원과 하늘을 누리는 마음 부자가 되었다 오늘 밤도 마음의 창문을 활짝 열어 놓는다

알마alma 핸드백

예의를 갖춰야 하는 모임에 정장 입고
알마(영혼)와 동행한다
프랑스에서 온 품위 있는 그녀와 걷노라면
한껏 폼도 나고 발걸음도 가볍다
전철 속 남들과 부대끼지 않도록
자리가 나면 얼른 달려가 앉아
콧대 높은 그녀를 무릎 위에 앉힌다
눕거나 어깨에 매달리기를 싫어하는 그녀는
비가 올 때나 추울 때도 소신을 꺾지 않아
내 인내심을 발끈하게 할 때 있다
모임 자리에서도 눈을 떼지 못하고
집에 돌아올 때까지 마음을 써야 한다

젊은 날 용모가 준수했던 그 남자
살아 보니 만사를 모셔야 해
몸과 마음이 피곤해졌다

수면에 내리는 햇빛처럼

　너는 싱글로 살겠다고 고집부렸지 그럴 때마다 나는 겨울 들판처럼 막막했다 결혼 얘기 꺼내다가도 슬그머니 집어넣곤 했어 지인의 주선으로 몇 번의 선을 보았지만 매번 뚱한 얼굴로 돌아왔지 걱정스레 물으면 제 일은 제가 알아서 합니다 퉁명스럽기만 했지 그러던 어느 봄 네 얼굴은 강물의 윤슬처럼 반짝거렸어 때늦게 너에게 사랑이 찾아온 거지 엄마는 처녀 시절로 돌아가 네 아빠를 처음 만나던 날처럼 기쁘고 설렜단다 네 신붓감을 내게 선보이던 날 둘은 첼로의 현과 활처럼 어울리는 한 쌍이었어 사랑은 숲속의 나무들처럼 간격을 지키는 일이란다 시소 놀이 하는 아이들처럼 서로의 무게를 배려하는 일이란다 평생을 하루같이 살면서 호수의 수면에 내리는 햇빛처럼 하나이면서 둘이고 둘이면서 하나인 부부로 살아가거라

김장

푸르고 빳빳했던 몸
소금으로 간을 해
세상 맛 알게 하더니
컴컴한 통 속에서 진퇴양난
부글부글, 푹푹 삭히고 있다

곰삭은 우리 부부
늦은 저녁을 먹는다

민들레

며칠 전 뜻밖의 전화에 깜짝 놀란 내게, 잘 있지야 니한테 부탁이 있어 가꼬 전화했시야 그랑께 참말로 오래 되았제 니 오빠한테 내가 마음의 빚진 것이 있당께 우리 엄니가 생전에 맹장이 터져 부러 가꼬 복막염이 되아 부렀잖냐 니 오빠 병원에서 수술받고 살아났어 그때는 왜 그라고 돈이 업써쓰까 몰라야 열심히 살다 본께 인자는 밥 묵고 살 만해 나이가 들어 강께 그동안 신세진 거 다 갚고 가야제 죽을 때가 됐는갑써야 언제 적 이야기인데 오빠도 다 잊었을 거야 했더니 아이고 그라지 말어야 징하게 맘에 걸려 죽것씨야 계좌 번호 갈쳐 주라잉 한다

가냘프고 강단 있던 민들레와 나는 손을 잡고 발 맞춰 오리나 되는 시골 초등학교에 다녔다 돌아오는 길에 힘들면 둑에 앉아 같은 곳을 바라보며 다시 힘을 내어 걷곤 했다 오일장에서 노점상 하는 부모님을 둔 친구는 시골 중학교에 장학생으로 입학했고 나는 도시 중학교로 떠나왔다 그 뒤 한두 번 마주쳤지만 민들레는 별 말이 없었다 비빌 언덕마저 없는 막막한 현실을 딛고 시장에서 운영하는 한복집이 문전성시란 소문을 들었다 요즘 어떻게 지내냐 물었더니 그냥 사는 게 영 재미가 없써야 했다 오래 함께한 단짝의 가려운 곳이 어딘지 나는 알 수가 없었다

삶

아파트 공사장 임시로

세워진 담벼락 밑

개망초 꽃다지 강아지풀 엉겅퀴 환삼덩굴

여뀌 까마중 달개비 등속

군락을 이루고 있다

올망졸망 구김살 없는 얼굴들

바람 따라 춤추고 있다

몇 달 후면 철거될 담벼락 아래

내일 일은 모른 채

휘감고 속살대며

>

오후의 햇살 속에서

얼굴들 달떠 있다

부부

이빨 빠진 호랑이와 고집 센 염소가 같은 굴 속에서 살고
있다 호랑이는 젊은 날의 포효 대신 가르랑거리며 이마에 왕
자 주름을 달고 영 못마땅한 표정이다 공원에 나가 운동이나
하자고 염소가 이끌어도 꿈쩍하지 않는다 염소는 집 앞 야산
을 오르내리며 물오른 나무들과 흥얼거리다가 야채와 과일
을 구해 오면 호랑이는 거들떠보지도 않고 냉장고를 뒤져 닭
이나 돼지를 꺼내 임플란트한 이빨로 물어 뜯는다 어쩌다 토
끼들이 놀러오면 궁금해하지도 않는 지난날 영웅담을 끝없
이 되씹곤 한다

섭지코지에서

바다로 돌출한 좁은 땅에 서 있다

바람에 파도가 울고

억새가 몸부림친다

길가 납작 엎드린 가녀린 해국

태풍 몰아치던 그날

둥지 잃은 물까치처럼

게엑게엑 울었던 시간

숭숭 뚫린 마음의 구멍 속으로

돌이킬 수 없던 옛날이 빠져나간다

퐁데자르 다리

나는 많은 사람들에게 사랑받아 왔어요
예술가들은 화실처럼 나를 찾곤 했지요
퐁데자르 연인들
서로 껴안고 키스 나누며
사랑의 징표로 자물쇠를 난간에 걸고
열쇠를 센강에 던지며 영원한 사랑 약속했지요
수십 년간 빼곡하게 채워진 70만 개가 넘는 자물쇠들
나는 소리쳤어요
사랑의 자물쇠는 이제 그만
감옥이고 수인이고 족쇄인 것을
저들에게 자유를 주세요
짓누르는 무게에 나는
날마다 무너져 내려요
시시덕거리는 연인들 몰려오면
나는 끙끙 앓아요
녹슬고 흉물스러운 고철이 된 자물쇠들
이젠 풀어 떠나보내 주세요
볼 수도 만질 수도 없는 사랑
흐르는 센강처럼 흘러내려 갔어요

그녀는 프로다

지하철 플랫폼 의자에 앉은 그녀
조곤조곤한 목소리로 통화 중이다
사십 초반의 꾸안꾸 모습 호리호리한 몸매
목선에 닿는 가지런한 머리
종아리에 찰랑거리는 바다색 원피스
선생님 안녕하세요 이달 실적이 조금 모자라는데
저 좀 도와주실래요
단돈 만 원에 당신의 행복을 보장해 드릴 수 있어요
생계 위한 묘책으로 몸 안에 장착한 버튼을
거듭 누르는 그녀
간결하고 토씨 하나 틀리지 않는 멘트에
수화기 너머로 감사 인사 음표가 튄다

눈 감고 그녀의 가정을 떠올려 본다
사춘기 애들 뒷바라지에 남편의 실직에
갚아야 할 대출금에
병든 시부모를 모시고 살지도 모른다
도둑질 빼고 무슨 짓인들 못 하랴
그녀는 어느새 자리를 떠나 총총 사라지고 있다

엘살바도르 커피

중미의 태평양 연안 작은 나라

험준한 산맥 넘어온 처녀

화산 활동으로 생성된

해발 1,500미터에 터 박고 사는

그녀는 하늘을 무대로 꿈을 노래하고

오월이면 온 산에 흐드러진 하얀 미소 수놓는다

흔들어 대는 바람 속에서도 변함없는 성정으로

까만 얼굴에 속이 옹골찬 그녀에게선

열대 과일과 부드럽고 달콤한

다크 초콜릿 머금은 향기 그윽하다

\>

그녀에게 중독된 사람들

오늘도 줄서서 기다린다

구멍가게의 봄

집 앞 구멍가게에 들어서면
왜소한 몸매 까만 얼굴의
주인아저씨 바쁜 손놀림 속에서도
살갑게 인사한다
지난해 대형 마트에 손님 다 뺏기고
가게 평수 절반으로 줄었다
진열대 시든 푸성귀 같은 얼굴로
어쩌다 들른 꼬마 손님에게도 깍듯하다
시간에 쫓긴 사람들
뜸한 발걸음뿐
며칠 전부터 봄 햇살이 찾아와
깊숙이 자리 폈다
굳게 닫힌 비닐 장막 걷히고
코로나 역풍으로 큰 마트를 꺼리는 손님들
하나둘 들어선다
햇살 담은
봄동 섬초 흙 당근 양파 봄 쪽파 단배추들
어서 오세요 인사 통통통
봄 햇살 속에서 튀어 오른다

향기를 듣다

동네 언덕배기

토끼풀꽃 군락

나비와 벌과 사람 끌어들인다

향기 속에 쪼그리고 앉아 향기를 듣는다

득량역

남도 해양 관광 열차 타고
삼십 년 만에 찾아간 고향
득량역은 정차 역으로 다시 태어나
7080 추억들을 진설하고 있었다
귀퉁이에 비치된 교복으로 갈아입으니
그날의 흑백 풍경 선연히 떠오른다

까까머리 단발머리 삼삼오오 웃음소리 흩날리고
개찰구에 개표 가위 들고 서 있던 역무원
장날이면 보따리 머리에 이고 종종거리던 촌부들
역을 나오면
하교 후 막차에서 내린 우리를 반겨 주던 친구네 점방
벽면을 가득 채운 물건들
새마을 아리랑 은하수 개나리 한산도 담배와
쌀표 두꺼비표 화랑 성냥 등속
낭자머리 곱게 빗은 친구 엄니를 피해
안채에서 떨던 수다들 연기처럼 피어오르고
뽑기집 만화방 새마을 연탄 석유 가게 백조 의상실
은빛 전파사 역전 이발관 행운 다방 즐비한
좁은 골목을 따라 귀가를 서두르면

큰기침 앞세워 마중 나와 있던 아부지

고향 떠나던 날
기차의 꼬리가 보이지 않을 때까지 손 흔들며
배웅하던 구절초 있던 자리에
낯선 루드베키아가 환하게 피어 나를 반긴다

손때 묻은 소쿠리

뚝딱뚝딱 썰고 치대고 손으로 동글동글 빚어 막 구워 낸 동그랑땡 오래된 낡은 소쿠리에 가득 담았다 시어머니가 쓰시던 윤기 반질반질하고 손때 묻은 소쿠리 옛날이 아련히 피어난다 어머니 어떠세요 맛있다 하지만 좀 더 예쁘게 만들거라 음식엔 사랑과 정성도 함께 넣어야 된다 음식 솜씨 없는 여자 어따 쓴다냐 생전의 시어머니 잔소리 들리는 것 같다 힘들었던 시집살이 시어머니의 끝도 없는 음식 수업 된장 고추장 젓갈 담그는 법 재래시장 다니며 배추 생선 과일 양념 고르는 법 반찬 만드는 법 산더미 같은 가사 일에 일그러진 얼굴과 퉁퉁 부은 다리로 하루하루가 저물었다 머릿속은 온통 대문을 열고 훨훨 날고 싶은 마음뿐 너는 살림엔 관심 없고 나갈 궁리만 하는 애 같다 꼬집는 시어머니가 야속해 끙끙 앓았다 웬만하면 집에서 먹자 밖에서 먹는 음식 살로 안 간다 한 상 가득 차려 놓은 분주한 내 모습 언제부턴가 영락없는 시어머니 모습 같다

백년손님 오는 날

오랜만에 집 안 구석구석 묵은 때
닦아 내니 인물 훤하다
사위가 좋아하는 아귀찜
세수할 틈도 없이 시장으로 달려간다
붐비는 인파 속 이리저리 횡단하며
생선 가게 좌판에 누워 있는
아귀 두 마리 새우 게 미더덕
최고의 남자로 만드는 바다 굴
봉긋하게 잘 자란 콩나물
향긋한 미나리 돼지고기 오겹살
시장바구니에 담아 눈썹 휘날리도록
땀 뻘뻘 흘리며
몸은 천 근인데 마음은 벌써
집 앞 언덕을 넘는다
처음 만든 아귀찜 아귀는 간데없고
맵고 짜고 흥덩흥덩한 국물 속
시들한 야채들처럼 내 마음도 비실비실
초라한 메인 요리 옆 밑반찬 위
군소리 담은 젓가락들만 오락가락하고 있다

빨간 롱 코트

코트를 꺼내 입고 거울 앞에 서 본다
빳빳한 깃과 뽕 어깨 잘록한 허리선 따라
아랫단을 향해 퍼지는 실루엣 뒤를 감싸 주는 벨트
40년 전 회사원 두 달 치 월급을 지불하고 아버지가 사 주신 옷

이십 때엔 몸에 꼭 맞아 명동 거리 휩쓸던 캐롤 송에 물들어
휘날리던 코트 자락
유행에 눈 멀어 새 옷이라면 가리지 않고 집 안에 끌어들였다

젊을 때 양복을 버리지 않고 평생 입으셨던 검소한 아버지의
엄한 목소리 들려와

다시 옷장의 한가운데 걸어 두었다
힘들 때 마스코트처럼
선홍색을 보면
마음이 기쁘고 환해진다

그는 수시로 아버지 말씀을 되뇐다
모든 사람은 고생으로 둘러싸여 있다
새로운 정신을 갖고 고생을 이겨 내면
행운이 오며 좋은 가정을 이룰 수 있다고

제4부

고향 집

그녀는 덩그러니 안채 하나로 버티고 있었다 수년 전 든든
한 남자 행세를 했던 사랑채가 푹 쓰러지자 많은 시간 슬픔에
잠겼다
　차츰 정신이 들고 찾아올 자식들을 위해 몸을 추슬러야 했다

　민속 마을이라 보존을 위해 남아 있는 안채의 병든 곳을 고
쳐 준다니 뛸 듯이 기뻤다
　인물이 예전처럼 훤하진 않아도 천만다행이었다

　지켜 줄 울도 담도 없는 그녀에게 앞의 우뚝 솟은 열화정과
앞마당이 친구처럼 다가왔다

　봄에는 박태기꽃 매화꽃 향기 바람에 흩날려 온 뜰에 진동
하고
　가을엔 형형색색 나무들과 뒤란 가득 쏴아아 대숲 바람 소리
　계절 따라 바뀌는 자연의 선물 그녀를 살게 하는 기쁨이었다

　이 방 저 방 형제들 복닥거리고 아버지의 구수한 이야기가
남아 있는, 가끔 꿈속의 배경으로 등장하는 그녀

아버지의 땅 사랑

느그 엄니가 촌 생활이 적적하고 불편해 아들하고 살고 잡다고 해서 살림을 합치긴 했는디 나는 계속 농사를 지을 생각이여 내일 아침 일찌감치 서울역에서 기차로 내려갈랑께 그리 알그라

사람은 죽을 때까지 일해야 쓴다 입버릇처럼 말씀하신 아버지 새벽 4시면 일어나셔서 과수원 밭, 갯논, 대부뚝 논, 산악골 논 등을 돌며 하루를 열었다 아침 밥상머리엔 그들 얘기가 제일 먼저 올라왔다 아버지에게 그들은 피붙이였다 너털웃음을 웃게 하기도, 끙끙 앓게도 했다 해진 밀짚모자 위 내리쬐는 뙤약볕도 아랑곳없었다 천둥 번개 치던 날 삽을 들고 근심 어린 얼굴들을 뒤로한 채 전쟁터 같은 논으로 향하셨다

고향으로 내려가신 지 20일 후 아버지는 쓰러지셨다 주인을 잃어버린 아버지의 땅 정들 만하면 바뀌는 주인 아닌 주인들 새벽바람 속 저벅저벅, 아버지의 씩씩한 발걸음 소리 그들은 아직도 기억하고 있을까

가이드

공항 문을 열고 네가 들어온다 앞뒤로 배낭을 메고 몸집보다 큰 트렁크를 끌고 와 만면에 미소 띠우며 나의 들뜬 마음과 마주한다 너의 뒤를 따른다 런던에 도착해 온통 색다른 풍경에 시선을 뺏긴 나의 손을 잡고 주위를 살피며 걷는다 빅버스에 올라서도 너는 풍경을 마음에 담으세요 저녁에 수수께끼 놀이 합니다 늦가을 바람의 한기를 느끼면서 이어폰으로 설명을 듣고 눈으로 순간순간 지나치는 경치를 붙잡는다 버킹엄궁전 대영박물관 웨스트민스터 런던아이 타워브리지 런던탑 앞에서 너는 자상한 통역사가 되고 까다로운 사진사가 된다 남편과 어린 아들을 두고 온 염려도 내려놓고 소녀처럼 밝은 표정으로 붐비는 인파 속을 총총걸음으로 안내한다

다음 날 파리로 이동한다고 너는 한층 더 긴장을 늦추지 않고 주의를 준다 예정보다 여섯 시간 늦은 밤중에 도착한 가르뒤노드역 수많은 인종 속 네가 호텔로 가는 길을 탐색하는 중 막차가 도착하고 우르르 몰려와 전쟁을 방불케 하는 소용돌이 간신히 오른 버스에서 너는 파랗게 질린 얼굴이다 관광객을 노리는 소매치기에 호주머니를 다 털리고 나서

잇다

용산에서 목포를 잇는 고속 전철
오랜만에 친구 만나러 가고 있다
열차는 날마다 몇 번씩 왕복 운행하며
광명 천안 아산 오송 공주 논산 서대전 계룡 익산
정읍 광주 송정 나주 목포를 절친처럼 호명하며
서로서로 마음 이어 준다
고교 시절 단짝이었던 친구들
서로 다른 길 걷다 주름살 파인 오늘에서야
잡초 무성한 길 위에 서 있다
밥 먹으며 차 마시며 바다를 바라보며
고교 시절 남생이란 별명의 담임선생과
코믹한 땅따리 과학 선생 총각 지리 선생의 소문과
교정의 라일락 향기와 가을날 코스모스
하교 후 어김없이 들르던 허름한 분식집을 소환해
교장 선생도 목사도 주부도 벗은 채
깔깔 웃는 소녀들 되어
멀어진 길 잇고 있다

이민자

은여울공원 입구
수북하게 쌓인 황토에 심어진
칠십 년생 소나무
정들었던 곳 떠나와
잔가지들 몽땅 잘린 채
지주목에 의지해 비스듬히 서서
옛 생각에 젖은 듯
먼 데 하늘 바라보며
추위를 견디고 있다

LA로 이민 간지 스물 몇 해
언니 얼굴 거듭 눈에 밟힌다

추억의 동그랑땡

명절 전날
딸 사위가 미리 보낸 소 한 마리
아들 며느리가 준비한 수북하게 쌓인 보따리
풍성한 식탁을 내려다보며 이제는 동그랑땡 만들지 않아도
되겠다잉 했더니
딸 아들 동시에 엄마의 동그랑땡 없으면
명절 기분 안 나요 한다

젊은 날 간 큰 애들 아빠 빚보증으로
힘든 시간을 보낼 때였다
명절이 돌아오면
얄팍한 살림살이 풍성하게 먹일 수 있는 음식이 뭘까
생각한 게 동그랑땡이었다
돼지고기 살코기 두 근 갈고 두부 두 모에
갖은 야채를 잘게 다져
원망과 미움을 함께 넣어 치대고
동글동글 빚어 부침 가루 묻혀
계란 물에 씌워 구웠다
소쿠리에 한가득 담아 식탁에 올려놓으면
싸늘한 집 안 공기 훈훈해져

애들 할아버지는 안주로 소주 한잔에 얼큰해지고
애들도 한 개씩 손에 들고 이리저리 뛰고
깜깜할 때야 귀가한 애들 아빠도 화색이 돌았다

딸 아들 성화에 못 이기는 척 주방에 나가
이제는 두꺼운 추억으로 남은
옛날을 한 상 가득 빚는다

의자

당신이 떠난 진영각을 지키고 있어요
십이 년 전 입적하신 당신은 솜씨가 남달라
사찰 개보수를 위해 사용된 목재의 자투리로
나를 만들었죠
굽고 휘어진 다리 삐쩍 마른 엉덩이
쪼그라진 등짝의 초라한 모습
사람들 몰려와 뚫어지게 바라보면
쥐구멍에라도 숨고 싶었어요
산속으로 데려다주세요
마음속으로 외쳤어요
하지만 맑은 가난을 실천하신 당신을 보듯
사람들은
감동의 눈빛으로 나를 보았지요
당신은
봄가을 피어나는 꽃과
한겨울에 밤하늘의 별을 좋아했지요
사철 내내 법 향은 새소리 바람 소리 되어
내게 머물다 가곤 했어요

폐차장의 봄

몇 년 전 겨울 폐차장 친구는 찻집에 앉자마자 이번 겨울은 눈이 안 와 망했단다 눈이 펑펑 쏟아져 도로가 혼란에 빠져야 생업에 도움이 된다고 렉카차 기사와 전화를 주고받으며 오지 않는 눈을 원망했다 마음속에서 쨍그랑 소리 울렸다

봄바람 타고 온 친구의 전화 목소리 봄이 오는 소리 들리지 했다 봄비 오네 했더니 껄껄 웃었다 봄비 다녀간 뒤 자기가 사는 동네에도 벚꽃이 만발할 거란다 풀밭 위에 벌러덩 누워 눈발처럼 날리는 꽃잎 온몸으로 맞고 싶다는 손전화 속 목소리 소년처럼 음표가 튀었다

청개구리들

돌봄 교실에 들어서면 이리 뛰고 저리 달리며 왁자지껄 소란을 피우는 청개구리들 잠시 시선을 주다가도 금방 난리법석이다 하늘을 나는 도도란 그림책을 읽어 주기 전 새 보면 여러분도 날고 싶지요 물으면 일제히 날고 싶지 않아요 청개구리 중 한 명은 돌을 던져 떨어뜨리고 싶어요 한다 사월은 과학의 달이니 무엇을 볼 때 항상 호기심을 가져야 해요 하면 호기심 갖기 싫어요 굴개굴개 청개구리들 합창을 해 댄다 새 순같이 보드라운 살결 무지개처럼 고운 웃음 보석처럼 반짝이는 눈망울 속 장난기로 가득 물들어 있다 책 읽어 줄 때 감상을 그림으로 그릴 때 딴전 피우는 반항아들 그럴 때마다 꾸지람 대신 아이들 머리를 쓰다듬는다 어린 시절 수업 시간 딴전 피우다 선생님께 혼나고 여자애들 고무줄 끊고 돌 던지고 욕지거리 일삼던 청개구리들 세월 흐른 뒤 언제 그랬냐는 듯든한 가장으로 사회인으로 잘 살아가고 있다

엄마의 눈물

햇빛이 머리 위로 쏟아지는 한낮 삐쩍 마른 몸에 타나카 가루를 얼굴에 바른 35살 맨발의 엄마와 11살 아들 얄링통은 물수레를 끌고 먼지 자욱한 신작로를 가고 있다. 출가 의식이 있는 날은 물값이 두 배다 이웃 마을에서 신쀼*를 치르고 있다. 엄마는 부러운 눈빛을 보내는 아들을 애써 외면하며 발길을 돌린다. 미얀마 라웅핀 마을에 사는 그녀는 양곤에서 가정부로 일하는 큰딸(15세) 막내(2세) 자식이 여섯이다. 남편은 일을 놓고 수년째 술타령이다. 학교를 그만둔 지 1년째 되는 얄링통은 학교 대신 동생과 함께 정수장에 물 받으러 간다. 축구 선수가 꿈인 얄링통은 하루에 세 번 물수레 배달을 하고 1,900원 받아 물값 900원에 물수레값 300원 빼고 나면 600원 남는다. 다리 통증에도 쉬지 못하는 엄마는 이웃 마을에 수도가 들어온다는 말이 들릴 때마다 걱정이 카카보라지산**이다. 물 배달을 쉴 때는 땅콩밭에 떨어진 이삭을 줍고 떼오사카바 열매를 따서 삶아 한 끼니 쌀을 구한다. 두 아들을 야학 공부방에 데려와 조심스레 아들 둘을 받아 줄 수 있는지 묻는다. 공부할 수 있다는 말에 엄마는 눈물이 터져 나온다.

* 신쀼 의식: 미얀마 남자들이 유년기 단기간 승려 생활을 경험하는 불교 의식. 일종의 성인식으로 미얀마에서 신쀼란 승려가 된다는 뜻.

** 카카보라지산: 동남아시아에서 가장 높은 산이다. 미얀마, 인도, 중국 의 국경이 만나는 곳에 있다.

옛날식 레스토랑

일 년에 한두 번 다섯 동서 만남을 챙기는 큰형님 이번엔 노래도 하고 들으며 우리 재미있게 만나세 올해 여든인 큰형님의 약간 들뜬 전화 목소리에 단장하고 레스토랑 식탁에 앉았다 삼십 년 전 실내 디자인 그랜드피아노 꽃무늬 식탁보 옛날식 함박스테이크 야채 마요네즈 샐러드 바람 머리 긴 생머리 팔팔했던 여자들 흐르는 세월에 흰머리 팔자 주름 늦꽃들 앉아 있다 지난번 여기 와 좋은 노래에 감동의 눈물 흘렸다는 큰형님 어떤가 하신다 일제히 좋네요 했더니 그라제잉 하신다 식사가 끝나고 가수 양반의 올드팝 라이브가 시작되자 홀 안은 감미로운 노랫소리로 꽉 차고 하루아침 백발이 성성한 채 먹먹해진 늦꽃들 잠시나마 추억 속의 여행을 떠나고 있었다 같이 노래 부르는 시간이다 동요와 가곡과 흘러간 팝송 7080 가요 백 곡 중 신청곡을 다 같이 불렀다 서정적인 가사들 와닿기도 전 노래는 이렇게 불러야 한다 이런 노래는 부르면 안 된다 가수 양반 두 시간의 심한 옛날식 잔소리와 노래가 섞여 뒤죽박죽 점점 시들해지고 하나둘 썰물 빠지듯 자리를 떴다 우리는 내색하지 않고 큰형님 오늘 고맙고 즐거웠습니다 헤어져 차가운 거리를 홀로 걸으며 그대 가슴에 얼굴을 묻고 오늘은 울고 싶어라 아까 가수 양반이 부르지 말라는 노래 마음이 시키는 대로 계속 흥얼거리고 있었다

잔도공을 위하여

충칭 자우충티엔산
줄 하나에 매달려
암벽에 구멍 뚫어
철심 박아 허공에
한 발 한 발
길을 엮는 사람들

천 길 낭떠러지
목숨 걸고
벼랑 위 생계를 버는
막다른 절벽 감싸 안고
한 땀 한 땀
비경을 짓는 사람들

잠깐의 휴식
가족과의 통화
절벽은 순간
꽃 피는 둔덕이 된다

어느 장의사 이야기

　나는 산 사람과 약속을 잡지 않는다 삼십 년째 영혼들을
위한 기도로 새벽을 연다 흔들어 깨우면 금방이라도 일어날
것 같은 미소가 감도는 스님의 얼굴 가족의 기도 속 고통 없
이 편안한 여자 골짜기처럼 주름진 얼굴에 깡마른, 곡기 끊
은 할머니의 존엄사 죽음이 억울한 돈 많은 남자의 푸르뎅뎅
거무튀튀한 일그러진 얼굴 교통사고로 몸의 일부가 타서 없
어진 고인 평생 노동으로 다져진 억센 손의 할아버지 등속 죽
음 맞이한 고인은 대부분 관절이 나긋나긋 잘 풀어지는데 죽
임당한 고인은 거의 관절이 딱딱하게 굳어 풀어 줄 때 내는
소리, 꽉 쥔 주먹을 펼 때 힘을 주는 고인의 촉각이 섬뜩하게
오래 남는다 다양한 표정으로 살아온 생을 말해 주는 주검 앞
에 어떤 날은 고인을 잘 보냈다는 생각에 뿌듯하면서 표정이
안 좋은 고인을 보낸 날은 밤을 설친 적도 많다 정말 무시무
시한 건 고인의 지난 삶은 아랑곳없이 남은 가족끼리 돈 때문
에 싸우는 일이다 조문객들 모여 큰 소리로 술 마시고 떠드는
모습을 볼 때는 내 일에 회의가 들기도 한다

소쇄원

그곳에 가면

시간도 잠시 멈춰 선다

대숲에 이는 바람 소리, 새소리 따라

벽오동 그늘

주인의 맑은 손길 따라

정원을 거닐면

사람도 자연이 된다

비 갠 뒤 뜨는 해 광풍각에 앉아

마당을 쓸듯 마음을 쓴다

나는 인사성 바른 아이였다

초등학교 5학년 때였다 부지깽이도 나와서 돕는다는 농번기를 맞아 반 전체가 우리 집 보리 베기에 동원된 다음 날 조회 시간 선생님은 몹시 상기된 목소리로 나를 호명하더니 어제 보리밭에서 아버지에게 멱살을 잡힌 일이 도저히 용납할수 없다는 듯 흥분하고 분노했다 나는 고개를 숙인 채 쥐구멍에라도 숨고 싶었다 순간 아버지가 원망스러웠다 성정이 불같은 아버지도 저녁 상머리에 엊그제 전근 온 이곳 물정도 모르는 선생이 싸가지가 원 그렇게 없어서야 노발대발이었다 두 분은 활활 타오르는 불길 같았다 팽팽한 대립 속에서 아무 말도 할 수 없는 나는 사방이 깜깜한 벽이었다 날마다 무거운 마음에 가방 메고 집을 나서고 학교생활은 살얼음판을 걷는 듯했다 짝인 민들레하고만 소곤대고 왁자지껄 아이들과 어울릴 수 없었다 학교 가는 길에 선생님 만나면 조심스레 허리 굽혀 인사했다 굳은 표정으로 지나치는 선생님께 운동장에서 복도에서 교실에서 교무실에서 철길에서 냇가에서 다리 위에서 언제나 깍듯이 인사했다 학년 말 되어 선생님은 나를 불러 친구들 앞에 세웠다 어줍게 서 있는 내게 우등상장과 함께 어깨를 토닥이며 칭찬했다 우리 학교에서 가장인사성 바른 아이라고

등굣길

태평양 카리바시 아라누카 섬 아이들이 학교에 간다 외딴 집에 사는 켄야의 세 자매는 한 시간 이상 낡은 카누로 강을 건넌다 이백 킬로그램이 넘는 카누를 아홉 살 켄야와 일곱 살 동생이 노를 젓는다 막내는 카누 바닥 밑으로 들어오는 물을 퍼낸다 언제 불어닥칠지 모르는 바람과 소낙비를 항상 안고 다닌다 이웃에 사는 그라센은 한 시간 반가량 밀림 지대를 지나간다 무더위와 싸우며 하시라도 나타날지 모를 맹수와 독사에 맞서며 학교에 간다

선진국 어느 사립 초등학교 앞 아침마다 닷지 바이퍼 포드 머스탱 아슬란, 맹수의 이름을 딴 승용차가 북새통을 이룬다 졸린 눈을 비비며 차에서 내린 아이들 뒤뚱뒤뚱 교문으로 들어선다 그들 머리 위로 보안 카메라의 눈도 거머리처럼 끈질기게 따라붙는다

꽃보다 아름답다

우리 동네 청소 아줌마

말린 대추 같은 얼굴로

영하 십 도의 날씨 꿋꿋하게 딛고

콸콸 쏟아지는 수돗물 소리로

101동 아파트를 깨운다

왜소한 몸으로 사부작사부작 15층 오르내리며

주정뱅이 아저씨 쏟아 놓은 오물이며

부부 싸움 끝에 뛰쳐나온 2층 선이네 분한 마음

뱉어 낸 욕지거리 등속

윤기 나게 반짝반짝 닦는다

>

누구를 만나도 환한 미소

아줌마는 꽃보다 아름답다

해 설

일상의 몽타주

—이정희 시집 『모과의 시간』 읽기

오민석(문학평론가, 단국대 교수)

1

세계는 수없이 다양한 일상들로 이루어져 있다. 세상에 똑같은 존재는 없다. 영국 시인 홉킨스(G. M. Hopkins)는 「알록달록한 아름다움*Pied Beauty*」이라는 시에서 "모든 사물은 상반되고, 독특하며, 희귀하고, 신기하다"라고 하였다. 세상에 똑같은 물상, 똑같은 생물은 없다. 홉킨스는 같은 시에서 "헤엄치는 송어의 등판에 찍힌 장미 반점들"의 아름다움을 노래했는데, 무지개송어들의 등판에 흩뿌려진 반점들의 색깔과 무늬 역시 하나도 같은 것이 없다. "이제 막 불붙은 석탄불처럼 타오른 밤송이", "핀치새의 날개들"(같은 시)도 똑같은 것이 전혀 없다. 세계는 이렇게 다른 것들, 유일무이한 것들의 무한집합으로 이루어져 있다.

102

이정희가 집중하는 것은 일상의 무한히 다양한 풍경들이다. 이 시집은 마치 연결되지 않는 일상의 다양한 조각들을 모아 놓은 몽타주 같다. 그러나 시인은 이 몽타주에 애써 개념적, 이념적 동일성이나 통일성을 부여하지 않는다. 그녀는 자신이 포착한 각각의 일상을 거대한 시스템 안으로 끌어들이지 않는다. 각각의 일상은 저마다의 의미로 빛나며, 서로 "상반되고, 독특하며, 희귀하고, 신기하다". 부분들을 전체의 이데올로기에 묶을 때, 폭력과 왜곡이 생겨난다. 세상의 모든 부분은 하나의 전체로 통합될 수 없다. 아도르노(T. Adorno)의 말대로 "전체는 허위이다". 그녀는 '허위로서의 전체'가 아니라 다양하고 이질적인 부분들의 이질적 공존을 선호한다. 이 시집이 하나의 "별자리"(벤야민, W. Benjamin)라면 각각의 시들은 그 안에서 빛나는 별들이다. 별들은 각기 이질적이고, 엇나가며, 비대칭적이고 혼종적인 존재들이다. 시인은 이것들을 묶어 『모과의 시간』이라는 별자리를 만들었지만, 이 별자리는 세계를 규정짓는 거대한 문제틀이 아니다. 별들은 보는 방향에 따라 달리 보인다. 별자리는 그런 다양한 방향 중의 하나이지, '허위로서의 세계 전체'를 설명하는 용어가 아니다.

> 창극의 마지막을 장식하는 놀이마당
> 공중에 매단 줄 위에서
> 광대가 한 마리 학처럼 줄을 탄다

앞으로 나아갔다 뒤로 물러갔다
외홍잽이 쌍홍잽이 종종걸음 외무릎꿇기
두 무릎 꿇기 책상다리
발림이 반딧불처럼 빠르다

눈멀고 귀먹은 사람처럼
생각도 머물면 안 되는
세상을 타고 있다

삼현육각재비의 반주 음악에 맞춰
재담과 노래, 흥이 피어오른다
청중들의 박수갈채 불꽃처럼 찬란하다

           —「인생」 전문

 시인이 볼 때 "인생"이란 "공중에 매단 줄"을 타는 광대의 삶 같은 것이다. 줄 위에서 균형을 잡고 살아남는 데 필요한 것은 하나의 통일된 몸짓이 아니다. 인생엔 동일성의 원칙이 적용되지 않는다. 세상은 수많은 비非동일성의 상황들로 구성되어 있다. 2연의 다양한 동작들처럼 인생에는 상반되고 엇갈리며 모순적이고 비대칭적인, 다양한 대응들이 필요하다. "생각도 머물면 안 되는/ 세상"이라는 대목은 세상의 이 같은 복잡성, 다양성, 모순성을 설명해 주며, 그 안에서 주체의 삶이 늘 불연속적인 순간성, 현재성 위에서 가동됨을 보여 준다.

여기저기서 불난다

열심히 살아 곱게 물든 단풍

베짱이처럼 빈둥거린 점박이 단풍

관절에 바람 들어 숭숭 구멍 뚫린 단풍

술에 젖은 시뻘건 단풍

우울증으로 쪼그라진 단풍

빚보증에 눌려 샛노래진 단풍

구시렁거리며 질척대는 단풍

— 「단풍들」 부분

　시인이 주목하는 것은 전체로서의 통일된 "단풍"의 모습이
아니다. 그녀는 추상화된 '전체'보다 '부분'들의 살아 있는 현
재를 선호한다. 그녀에게 중요한 것은 개념화된 하나의 '단
풍'이 아니라 동일성의 논리에 포섭되지 않는 다양한 '단풍들'
이다. '단풍들'은 그 개체 수만큼이나 서로 다르다. 위 인용문
에는 거의 모든 행마다 다른 '단풍들'이 등장한다. 세상은 다
른 것들의 집합으로 이루어져 있으며, 이것들은 어떤 동일성
의 논리로도 환원되지 않는다.

　식장 원탁에 둘러앉은 들국화들

　도란도란 말의 향기 피우고 있다

　남녘서 새벽차 타고 올라온,

　어린 날부터 자신의 힘으로 살아온 쑥부쟁이

　쓴소리 속에 따스한 마음을 감춘 산국

조용하며 세련된 구절초

피아노 건반에 그리움을 새기며 살아온 해국

작은 몸으로 힘든 일 마다 않는 개미취

벌 같은 마음으로 모두를 품는 벌개미취

달달한 말솜씨로 주위을 밝히는 감국

산야에서 절로 자라 웬만한 바람에도

끄떡없는 얼굴들

― 「들국화들」 부분

　가을의 "들국화들"로 은유된 것으로 보아, 이 시에 등장하
는 사람들은 유년이나 청년이 아니라 중장년들이다. 이들은
저마다 다른 길을 오래 걸어왔고, 여전히 서로 다르다. "들국
화들"은 각기 다른 이름들을 가지고 있다. 4행~10행의 마지
막 단어들이 바로 그 이름들이다. 이들은 '국화'라는 동일한
과에 속하지만, 각기 '유일무이성(uniqueness)'으로 존재하기
때문에 귀하다. 앞에서 인용한 홉킨스의 표현대로 이들이 보
여 주는 것은 단색의 아름다움이 아니라 "알록달록한 아름다
움"이다. 시인은 이렇게 모순, 상반, 비대칭, 비동일성으로
존재하는 개체들의 경험적 현재에 주목한다. 그는 이렇게 각
기 존재하는 것들을 '허위로서의 전체'에 가두지 않는다. 그
녀는 하나의 전체가 아니라 각각의 '별들'을 일종의 '별자리'
로 묶는다. 별들을 묶는 방법도 다양하다. 그녀는 대체로 '따
뜻함'과 '아름다움'의 속성으로 별자리를 만든다. 앞에서 인
용한 「단풍들」과 「들국화들」처럼 이 별자리에 속한 것들은 따

뜻하고 아름다운 날개 안에 있다. 그러나 시인은 세상의 모든 것들을 아름다움과 따뜻함의 이데올로기로 묶지는 않는다. 세상엔 추하고 차가운 것도 있으므로, 그러므로 그녀의 별자리는 전체를 설명하는 허위의 프레임이 아니다. 별자리는 유일무이한 것들의 일시적 접합이다. 별자리엔 동일성이 강제되지 않는다.

2

각기 다른 것들의 일시적 접합으로 만들어진 별자리에 시인이 투여하는 것은 그것들의 객관적인 가동 원리가 아니다. 총체적 원리를 투여하는 순간, 개체들의 고유성은 사라진다. 시인은 개체들이 허위적 전체의 구성물로 전락하는 것을 바라지 않는다. 그녀는 따뜻함과 아름다움의 별자리에 '희망의 원리'를 부여한다.

> 초등학교 교정의 모과나무
> 숨바꼭질하듯
> 이파리 뒤에 숨어
> 빠끔히 얼굴 내민 모과들
>
> 아직 설익은 모습으로 공중에
> 매달려 세상모르는 천진한

얼굴들이다

조잘조잘 떠들고
데굴데굴 구르고
공 차며 뛰는 아이들

저 시고 떫은 놈들
울퉁불퉁 예쁜 놈들

오래 참고 기다리면
늦가을 잘 익은 모과 열매처럼
향기 가득한 어른이 되겠지

—「모과 열매」 전문

　유년의 얼굴들은 얼마나 다양한가. "떠들고", "구르고", "뛰는" 아이들, "저 시고 떫은 놈들", "울퉁불퉁 예쁜 놈들"을 바라보는 시인의 시선은 따뜻하고 정겹다. 모과들은 그 시선의 궤도 안에 들어와 있다는 점에서 하나의 별자리에 존재한다. 그러나 그것들은 동일한 별자리에 있는 이질적인 별들이다. 이 "알록달록한 아름다움"의 세계에 시인이 거는 주술은 "늦가을 잘 익은 모과 열매처럼/ 향기 가득한 어른"이다. 세계가 주술대로 굴러간다는 보장은 없다. 그렇다고 해서 세계가 기계적 원리로만 가동되는 것도 아니다. 주관적이고 선택적인 소망 혹은 신념의 뜨거운 입김이 세계에 스며들 때, 세계는 때로 '예기치 않은' 방향으로 흘러간다. 목숨을 건 헌신, 대의를 절대 포기하지 않는 불굴의 정신, 대가 없는 자기희생, 오직 사랑뿐인 결단 등에 의하며 세계는 예상을 벗어난 궤도로 가기도 한다. 시인은 이질적인 것들을 하나의 별자리에 따뜻하게 모아 놓고 그것에 '희망'의 뜨거운 입김을 불어넣는다. "열매"와 "어른"이라는 말처럼 그것은 모종의 '결과'를 향해 있다. 그 결과는 미래이며, 미래는 오로지 현재의 실존 속에서만 상상할 수 있다. 시인이 꿈꾸는 미래는 추상이 아니라 구체이며, 모순, 이질성, 비동일성을 전제로 한 그림이다. 미래는 각각의 모과 열매들이 각각의 다름을 유지하며 동일한 "향기"를 꿈꿀 때 온다.

동네 언덕배기

토끼풀꽃 군락

나비와 벌과 사람 끌어들인다

향기 속에 쪼그리고 앉아 향기를 듣는다
— 「향기를 듣다」 전문

(설명이 생략되어 있지만) 지금까지 살펴본 바에 의하면, 위 시의 "토끼풀꽃 군락" 역시 단 하나도 똑같지 않은, 다양한 토끼풀꽃들로 이루어져 있을 것이다. "동네 언덕배기"에

피어 있는 그 꽃들은 마치 무수한 별들로 이루어진 은하수처럼 빛날 것이다. 서로 다른 무수한 얼굴의 토끼풀들이 일시적인 집합으로서의 '별자리'가 될 수 있는 것은, 그것들이 "나비와 벌과 사람 끌어들인다"는 공통의 특징을 갖고 있기 때문이다. 그러나 이 공통의 원리가 꽃들의 개체성을 해치지는 않는다. 재미있는 것은, 이 별자리에 들어온 타자들, 즉 "나비와 벌과 사람"들도 꽃들이 만든 별자리의 일부가 된다는 것이다. 이렇게 별자리를 더욱 이질적인 것들의 화려한 집합으로 만드는 것은 꽃들의 "향기"이다. '향기'는 이정희 시인의 미래이며 유토피아이고 희망의 원리이다.

> 봄에는 박태기꽃 매화꽃 향기 바람에 흩날려 온 뜰에 진동하고
> 가을엔 형형색색 나무들과 뒤란 가득 쏴아아 대숲 바람 소리
> 계절 따라 바뀌는 자연의 선물 그녀를 살게 하는 기쁨이었다
>
> 이 방 저 방 형제들 복닥거리고 아버지의 구수한 이야기가
> 남아 있는, 가끔 꿈속의 배경으로 등장하는 그녀
> ―「고향 집」부분

"고향 집"은 과거이다. 시인에게 과거는 "형형색색"의 다양한 기억들로 이루어져 있다. 그러나 모든 과거는 재구성된 현재이다. 과거의 모든 것이 주체의 '기억'으로 소환되지 않는다. 과거는 주체에 의해 선택된 시간이다. 이런 점에서 과

거는 선택된 현재이며, 회상된 과거는 주체의 현재에서 발생한다. 과거를 "꽃"과 "향기", "바람 소리", "기쁨"으로 재해석하는 사람은 얼마나 행복한가. 이정희 시인이 소환한 과거와 (앞에서 살펴본바) 미래의 속성은 거의 유사하다. 그것은 따뜻하고 아름다운 "향기"와 "기쁨"의 별자리다.

3

이 시집엔 매우 다양한 일상들이 등장하지만, 그것들은 추상적 관념으로 통일되지 않는다. 이정희는 개념이 아닌 감각으로, 추상이 아닌 구체로, 경험의 세부를 건드린다. 그녀가 끌어낸 일상들은 그것만의 고유한 특이성으로 빛난다. 그녀에겐 어떤 경험도 같지 않다. 그녀의 일상들은 밤하늘에 퍼져 있는 별들처럼 저마다 고유한 자리를 가지고 있다. 그것들 사이에 다리를 놓고 그것들을 엮어 놓는 것은 그녀의 따뜻하고 아름다운 시선이다. 일상들은 늘 시인의 따뜻한 감성에 포착되지만 그렇다고 해서 같은 경험으로 통일되지는 않는다. 그녀의 따뜻한 시선은 존재의 서로 다른 빈 곳, 결핍된 곳, 차가운 구멍들을 포착한다. 그녀의 시선이 따뜻한 것은 바로 그것이 머무는 곳의 실상이 결핍이기 때문이다.

눈도 동글 얼굴도 동글한 나는 누가 조금만 건드려도
고장 난 수도꼭지처럼 눈물이 흘러내린다

엄마는 왜 신혼 기간 동안 속울음 울며
억지 웃음으로 가장하며 살았을까

우리 며느리는 입덧도 안 해부요
친척들한테 자랑하는 할머니한테
엄마는 벙어리처럼 한마디 대꾸가 없었다

묵은 김치 냄새에 속 뒤집힐 때
꾸중새 할머니에게 잔소리 들을 때
대가족으로 빽빽한 하루가 쉴 새 없이 돌아갈 때
미련새 아빠한테 투덜거렸다 핀잔만 받을 때

엄마는 왜 소리 내어 울지 못하고 속울음 했을까

배 속에서 엄마의 울음을 먹고 자란 나는
태어나자마자 병실을 울음바다로 채우고
새벽녘에야 잠이 들었다 한다
　　　　　—「나는 엄마한테 제일 먼저 울음을 배웠다」 전문

　시인은 태어나기도 전에 가장 먼저 "울음"을 배웠다. 성인
이 된 시인의 따뜻한 시선은 부당하고, 억압적이며, 폭력적
인 현실 속에서 "속울음" 하며 살아온 엄마에 대한 연민에서
시작된 것이다. 사랑은 타자의 고통을 나의 고통으로 받아
들이는 데서 시작된다. 예컨대 사랑은 "나는 그 사람이 아프

다"(롤랑 바르트, R. Barthes)와 같은 고백에서 나온다. "엄마의 울음을 먹고 자란 나"는 늘 엄마가 아팠을 것이다. 자고로 애통해하지 않는 자는 사랑할 수 없다. 이런 점에서 사랑도 특권이다. 시인의 따뜻하고도 아름다운 별자리는 타자의 아픔과 결핍에 대한 깊은 공감에서 비롯된 것이다.

> 인도 벵골에서 온 그녀
> …(중략)…
> 농장에서 일하며 농업용수 끓여 목욕하고
> 어둡고 눅눅한 비닐하우스에서 생활한다
> 지치고 아파도 꾀병이라고 핀잔만 주는
> 농장주에 발목 잡혀
> 몸과 마음 천근만근이다
> 술 취한 주인에게 끌려간 적도 여러 번
> 이국의 삶은 처절하고 눈물겹다
> 창문 넘어오는 바람에 흔들렸다가
> 마음을 다잡는 그녀
> 포기할 수 없는 꿈은
> 그녀를 늙고 병들게 하고 있다
> ―「벵골고무나무」 부분

시인은 인도 출신의 여성 노동자를 "벵골고무나무"라 은유한다. 한국의 노동 현장에서 그녀는 '사람'이 아니라 '나무'이다. 환경이 전혀 다른 현장에 내던져진 나무에게 "삶은 처절하고 눈물겹다". 그녀에겐 "포기할 수 없는 꿈"이 있지만, 바로 그 꿈이 "그녀를 늙고 병들게 하고 있다". 시인은 짐짓 냉정하게 객관적으로 이 외국인 노동자의 현실을 기술하고 있는 것 같지만, 독자들은 이미 느낀다. 태어나기도 전에 울음을 배운 시인이 이 현장을 보고 숨죽여 울고 있다는 것을.

> 한 올 한 올 눈물로 엮어
> 슬픔을 깁는다
> 황폐한 가슴속
> 사막의 오아시스처럼
> 희망을 싹트게 하고
> 영혼의 상처를 싸매 주는
> 너 닮은 자식을
>
> —「시」부분

　이정희에게 "시"는 "눈물"과 "슬픔"과 "황폐한 가슴속"을 끄집어내어 대면하는 언어이다. 그녀는 무수한 일상들 속에 숨겨져 있는 "상처"를 본다. 그녀에게 시를 쓰는 일은 그 '상처'에 "희망"의 언어를 들이붓는 것이다. 지상의 (수많은) 아픈 별들이 그녀가 불러낸 '희망'의 별자리 속에서 아름답고 따뜻하게 빛난다.

천년의시인선

0001 이재무 섣달 그믐
0002 김영현 겨울 바다
0003 배한봉 黑鳥
0004 김완하 길은 마을에 닿는다
0005 이재무 별초
0006 노창선 섬
0007 박주택 꿈의 이동 건축
0008 문인수 홰치는 산
0009 김완하 어둠만이 빛을 지킨다
0010 상희구 숟가락
0011 최승헌 이 거리는 자주 정전이 된다
0012 김영산 冬至
0013 이우걸 나를 운반해온 시간의 발자국이여
0014 임성한 점 하나
0015 박재연 쾌락의 뒷면
0016 김옥진 무덤새
0017 김신용 부빈다는 것
0018 최장락 와이키키 브라더스
0019 허의행 0그램의 시
0020 정수자 허공 우물
0021 김남호 링 위의 돼지
0022 이해웅 반성 없는 시
0023 윤정구 쥐똥나무가 좋아졌다
0024 고 철 고의적 구경
0025 장시우 섬강에서
0026 윤장규 언덕
0027 설태수 소리의 탑
0028 이시하 나쁜 시집
0029 이상복 허무의 집
0030 김민휴 구리종이 있는 학교
0031 최재영 루파나레라
0032 이종문 정말 꿈틀, 하지 뭐니
0033 구희문 얼굴
0034 박노정 눈물 공양
0035 서상만 그림자를 태우다
0036 이석구 커다란 잎
0037 목영해 작고 하찮은 것에 대하여

0038 한길수 붉은 흉터가 있던 낙타의 생애처럼
0039 강현덕 안개는 그 상점 안에서 흘러나왔다
0040 손한옥 직설적, 아주 직설적인
0041 박소영 나날의 그물을 꿰매다
0042 차수경 물의 뿌리
0043 정국희 신발 뒷굽을 자르다
0044 임성한 이슬방울 사랑
0045 하명환 신新 브레인스토밍
0046 정태일 딴못
0047 강현국 달은 새벽 두 시의 감나무를 데리고
0048 석벽송 발원
0049 김환식 천년의 감옥
0050 김미옥 북쪽 강에서의 이별
0051 박상돈 꼴찌가 되자
0052 김미희 눈물을 수선하다
0053 석연경 독수리의 날들
0054 윤순영 겨울 낮잠
0055 박천순 달의 해변을 펼치다
0056 배수룡 새벽길 따라
0057 박애경 다시 곁에서
0058 김점복 걱정의 배후
0059 김란희 아름다운 명화
0060 백혜옥 노을의 시간
0061 강현주 붉은 아가미
0062 김수목 슬픔계량사전
0063 이돈배 카오스의 나침반
0064 송태한 퍼즐 맞추기
0065 김현주 저녁쌀 씻어 안칠 때
0066 금별뫼 바람의 자물쇠
0067 한명희 마른나무는 저기압에가깝다
0068 정관웅 바다색이 넘실거리는 길을 따라가면
0069 황선미 사람에게 배우다
0070 서성림 노을빛이 물든 강물
0071 유문식 쓸쓸한 설렘
0072 오광석 이계견문록
0073 김용권 무척
0074 구회남 네바강의 노래

0075 박이현 비밀 하나가 생겨났는데
0076 서수자 아주 낮은 소리
0077 이영선 도시의 풍로초
0078 송달호 기도하듯 속삭이듯
0079 남정화 미안하다, 마음아
0080 김쩸마 길섶에 잠들고 싶다
0081 정와연 네팔상회
0082 김서희 뜬금없이
0083 장병천 불빛을 쏘다
0084 강애나 밤 별 마중
0085 김시림 물갈퀴가 돋아난
0086 정찬교 과달키비르강江 강물처럼
0087 안성길 민달팽이의 노래
0088 김숲 간이 웃는다
0089 최동희 풀밭의 철학
0090 서미숙 적도의 노래
0091 김진엽 꽃보다 먼저 꽃 속에
0092 김정경 골목의 날씨
0093 김연화 초록 나비
0094 이정임 섬광으로 지은 집
0095 김혜련 그때의 시간이 지금도 흘러간다
0096 서연우 빗소리가 길고양이처럼 지나간다
0097 정태춘 노독일처
0098 박순례 침묵이 풍경이 되는 시간
0099 김인석 피멍이 자수정 되어 새끼 몇을 품고 있다
0100 박산하 아무것도 묻지 않았다
0101 서성환 떠나고 사라져도
0102 김현조 당나귀를 만난 목화밭
0103 이돈권 희망을 사다
0104 천영애 무간을 건너다
0105 김충경 타임캡슐
0106 이정범 슬픔의 뿌리, 기쁨의 날개
0107 김익진 사람의 만남으로 하늘엔 구멍이 나고
0108 이선외 우리가 뿔을 가졌을 때
0109 서현진 작은 새를 위하여
0110 박인숙 침엽의 생존 방식
0111 전해윤 염치, 없다

0112 김정석 내가 나를 노려보는 동안
0113 김순애 발자국은 춥다
0114 유상열 그대가 문을 닫는 것이다
0115 박도열 가을이면 실종되고 싶다
0116 이광호 비 오는 날의 채점
0117 박애라 우울한 유전자
0118 오충 물에서 건진 태양
0119 임두고 그대에게 넝쿨지다
0120 황선미 길의 끝은 또 길이다
0121 박인정 입술에 피운 백일홍
0122 윤혜숙 손끝 체온이 그리운 날
0123 안창섭 내일처럼 비가 내리면
0124 김성렬 자화상
0125 서미숙 자카르타에게
0126 최을순 생각의 잔고를 쓰다
0127 김쩸마 와랑와랑
0128 최혜영 그 푸른빛 안에 오래 머무르련다
0129 진영심 생각하는 구름으로 떠오르는 일
0130 김선희 감 등을 켜다
0131 김영관 나의 문턱을 넘다
0132 김유진 다음 페이지에
0133 김효숙 나의 델포이
0134 오영자 꽃들은 바람에 무게를 두지 않는다
0135 이효정 말로는 그랬으면서
0136 강명수 법성포 블루스
0137 박순례 고양이 소굴
0138 심춘자 낭희라는 말 속에 푸른 슬픔이
        들어 있다
0139 이기종 건빵에 난 두 구멍
0140 강호남 야간 비행
0141 박동길 달빛 한 순갈
0142 조기호 이런 사랑
0143 김정수 안개를 헤치고
0144 이수니 자고 가
0145 황진구 물망초 꿈꾸는 언덕에서
0146 유한청 크리스마스섬의 홍게
0147 이정희 모과의 시간